KB011795

투병

MEMORANDUM

박노일 지음

목차

에필로그

작가의 말

이 책 [투병 : MEMORANDUM]은 투병 환자가 거동하기가 어려운"다발성 골수종"이란 진단상 병으로 인하여 제한적인 공간에서만 생활하며 생각한 내용을 틈틈이 기술한 책입니다.

내용을 기술함에 있어서 구체적인 생각을 다 기술하려면 환자의 신체 조건이 뒷받침 되어야 합니다. 하지만 그렇지 못한 관계로, 자식들이 그 내용을 짐작할 수 있도록 심정적이고 간결한 단문으로 집필을 하였습니다.

암 투병 환자는 매일을 투병하며 다각적 변화에 따라 그날의 심정이 여러 번 달라집니다. 좌절했다가 희망을 가졌다가. 이 투병 일기는 죽음과 삶 그 중간 어디에 놓인 한 인간의 일상에서 욕망과 좌절의 회상을 나타내려고 노력했습니다. 하지만 환자 본인의 몸의 쇠함 때문에 미숙한 점들이 많음을 미리 양해를 구합니다.

이 책을 완성하기 위해 제가 처한 상황을 자세하게 들여다보고, 책을 읽은 분들로 하여금 살아가는 것에 있어서 참고가 될 수 있도록 정선하였으나, 얼마나 기여할 지는 읽는 분들의 몫일 것입니다.

감사합니다.

2011년 8월 박 노 일

투병자 수성 운명선(왼손)

옮긴이의 말

이 책은 암과 투쟁하는 한 인간의 시간 순서에 따른 수기이다. 그렇기 때문에 시간이 지나감에 따라 저자의 감정 변화가 크게 요동치는 것을 느낄 수 있다. 본 편집자 또한 이 글을 옮기며 생생한 저자의 필체와 감정에 녹아들어 한 번 죽었다가 환생한 기분이 든다. 울적한 감정을 유발하는 책이라고 볼 수도 있겠지만, 지금 우리에게는 여전히 삶이 주어져 있다는 것이 얼마나 소중한지 역으로 깨닫게 해주기도 한다.

저자는 몸의 건강 상태가 좋아짐과 나빠짐을 반복하였다. 그리고 투병 전, 건강한 몸 상태일 때는 어느 그 당시 아버지들이 그러하였듯 사납고 무서운 아버지였다고 한다. 하지만 본문을 자세히 들여다보면 자신의 가족들에게 아주 사소한 행동 하나에도 서운함을 느끼는 것을 볼 수 있다. 질병이 사람을 얼마나 바꾸는지, 자연의 거스를 수 없는 순리 앞에서 인간이 얼마나 작아지는지 볼 수 있는 대목이다.

가슴 아플 수도 있는 이야기를 그럼에도 불구하고 후세에 남기고자 하는 마음은 분명 뜨거웠을 것이라고 믿는다.

죽는 일은 이미 정해진 것이기에 우리 모두 준비해야 한다. 자, 한 번 죽음을 경험하고 다시 살아나 지금의 삶에 감사함을 느끼시기를 바라며.

2023년 떠오름 출판사

제 317 호

표 창 장

형주주방 대표

박 노 일

귀하는 청와대본관 및 관저를 건립함에 있어 맡은 분야에 온갖 정성과 투철한 사명감으로 역사에 길이 남을 훌륭한 건물로 완성하는데 크게 기여하셨으므로 이에 표창합니다

1991년 9월 4일

대통령비서실장

정 해 창

MEMORANDUM

오늘도 살려고

항암 화학치료 과정에 충실하고 있다

내가 무엇을 하고 있는가

죽고 사는 것은 하늘의 뜻이니,

사는 과정에 충실하고 있을 뿐이다.

삶은 가치가 있는가

산다는 것은 생활에 적응하며 정진할 땐 가치가 있고

생명을 연장하기 위해 버티는 삶은 가치가 없다고 느껴진다.

초등학교 운동회의 함성

초등학생들의 응원소리가 더 없이 크게 들리는구나.

너희들은 아직 여명을 따질 때가 아니니 말이다.

부럽구나.

생 대구탕

생 대구탕이 점심에 마련되었다.

옛 맛을 찾으려 음미하며 떠올리니 옛 맛이 고스란히 느껴졌다.

살기 위해 먹지 않고 즐기려 먹는 것 같아 좋았다.

하복부 경막 탈장 복원 개복수술

여덟 시, 가운으로 갈아입고 수술실로 이동되었다.

수술실에는 차디 찬 수술대가 놓여있고 상단에는 육 구 서치라이트가 보인다.

십자 수술대에 팔과 다리를 묶인 체 누웠다. 낮은 기온에 한기를 느꼈다.

마취 후 깨어나지 못하면 어쩌나 하는 공포감을 느낄 즈음 잠에 들기 시작했다.

깨우는 소리에 깨어나니 새로 태어난 기분이다. 우려한 일은 일어나지 않았다.

주치의들에게 큰 고마움을 느꼈다.

오 년간 참았던 지병이 복부 개복술로 완쾌되었다

정말 참기가 힘들다.
손이 떨리는구나!

반듯이 누우면 척추뼈가 아프고

옆으로 누우면 갈비뼈가 아프고

앉아서 있으면 엉덩이 뼈와 다리뼈가 저리고

서서 쉬면 허리뼈가 아프다

십 분도 안 되어 각기 동작을 바꾸어 가면서 시간을 보내야 한다.

몸이 옛날 같지가 않다.

내가 무슨 잘못을 했나 회상하여 보았다

재물에 부정한 수익은 한 치도 없었고, 먹을 것 안 먹고 아꼈던 기억뿐이다.

당시 상여금을 육 백 칠 십만원을 받았는데 칠 십만원만 가족에게 쓰고 전부 저축하였다.

그것 또한 가족을 아끼지 않은 잘못이 될 수도 있는가.

종자돈을 만들어 재테크를 하고자 했을 뿐.

오늘도 나의 다툼이
무엇인가를 생각하였다

내 것을 못 받아 받기 위한 다툼과

약속되어 처리한 대가를 위해서만이 누군가와 다투었다.

나는 무슨 잘못을 했는가?

세상을 품지 못한 잘못이 있는 것 같다.

여명의 기도

난생 처음 주님께 기도문을 쓰고 기도하였다.
앞으로도 기도할 것이다.

티 없이 살고자 하는 현실은 너무나 혼돈스럽습니다.
혼돈스런 현실 속에서 주 안에 죄 없는 이 어디 있겠느냐마는,
간절한 기도문을 쓰게 하여 주님께 감사하나이다.

저의 소망은

주께서 저에게 복을 주시려거든, 저의 지병을 걷어주옵시고

주께서 저에게 은혜를 베푸시려거든, 여명에 갈음할 촉명을 주시옵고

주의 손으로 저를 어루만져 도우시어, 저의 근심을 없게 하옵소서.

주님께 기도합니다.

2011년 6월 26일 하나님의 이름으로 기도합니다.

*

지병 : 추간판 탈출증 및 다발성 골수종

촉명 : 남은 생명 동안 갈음할 할 일

근심 : 끝없는 효심을 다하는 경범, 재현의 현재와 미래

삶을 줄이고 인생을 정리해야겠다는 생각이 든다

활동적 삶의 수준이 언제 올지 모르겠다.

그리고 딸들에게 글을 별지로 남겼다.

아들에게 도움을 주지 못해 미안하기만 하다.

그날 오후, 은인에게 용서를 구하며

별안간 대학 일 학년 때 먹여주고 재워주고 지도해주신

을지로 *최충선 의학 박사님이 생각이 났다.

어디에 계시는지? 삶의 막바지에 이르러서야 떠올렸다.

'최박사님, 죄송합니다. 못난 소생이 은인을 잊고 살았습니다. 죽어서도 잊지 않겠습니다.

용서해주십시오.'

***최충선 박사님 : 최무선 국무총리의 친동생**

딸들아

아비가 암과 투병하면서 보고 싶다 하니 찾아 주었구나. 반갑고 또 반가웠다.

도움을 바라서도 아니고 투병 수발을 바라서도 아니었다.

아비의 여명을 몰라 마지막이라는 생각에 더욱 반가웠고 딸들의 눈물에 더욱 감격하였다.

그런데, 무슨 이유인지는 모르나 육 월 어느날 무언의 절교를 접하고 보니 슬프지 않은가,

눈물이 나는구나.

너희들이 아비의 존귀를 사당의 이익보다 아래에 두었으니 말이다.

이를 어찌하랴.

아비 훈육도 잘못이 있지만, 딸은 버린다고 버려지는 것도 아닌데.

너희들을 키워 공부시켜 출가시킨 것뿐이다.

그렇다고 너희들은 출가 후 아비를 위해 무엇을 하였던가?

문안 인사라도 하였던가?

시가를 위한 헌신도 아니겠고, 오로지 자신의 이익을 위한 삶이었다면 용서받기 힘들 것이다.

통탄을 금할 수가 없다.

바른길로 나아가기를 바라지만 이 글이 마지막이 되는 것 같아 마음이 시리다.

2011년 06월 28일 아비가

진 단 서

등록번호 000796142　　주민등록번호 400425-1063417　　연번호 2011-O-00016087

성 명	박노일	성 별	M	생년월일	1940년 04월 25일	연 령	만 71 세
주 소	경기 부천시 원미구 도당동 105-8 소망 나동 B02					전화번호	
병 명 ☐ 임 상 적 ☑ 최 종	* 다발성 골수종					한국질병분류번호 C90.0	
발 병 일				진 단 일	2010년 12월 29일		
향 후 치 료 의 견	상기 환자 다발성 골수종 진단받고 항암화학요법 치료 중이며 향후 지속적인 치료 및 경과 관찰 요합니다.						
비 고	합병증 및 미발견증 발견시 추가 가료 요함			용 도			

위와 같이 진단함.

2011년 05월 23일

순 천 향 대 학 교 부 천 [illegible]

경기도 부천시 원미구 중동 1[illegible]
Tel : (032)621-5114 Fax : (03[illegible]

면허번호 제 71885 호　　의사성명 김세형

* 본 서류는 전자 공인인증을 받은 서류임

113Z-4O1H-M8IJ-GAZO-5NJM

아들아

풍요로움을 물려주지 못해서 미안하구나.
13시간 아르바이트로 바로 지친 기색이 은연중 보이는구나.
유년의 고생은 장차 밑거름이 될 것이니 좀만 힘을 내어다오.

아비도 삼 년간 대구소재 방첩부대 본부 근무에서 극과 극의 사회를 많이 익힌 후
1967년에 전역하였다.

그리고 다음 해 삼성 그룹 삼 급 간부사원 공채 채용으로 입사하였다.

제일제당에 배속되어 부산 공장 근무를 명받고 삼 년간 근무에 최선을 다하였더니 특진하고 서울 본사 기획실로 명받아

[오 개년 사업 계획서]를 처음으로 완성하여 그룹 비서실 사장단 회의에서 브리핑하였다.

그때 특진을 하게 됐다.

이 인연으로 승급과 동시에 사내 엘리트 그룹인 삼성그룹 비서실로 명받아 후회없이 일하고 그룹 내에서 존경을 받기도 하였다.

성균관대 장동환 교수(후일 청와대 대통령 사회 담당 특별 보좌관) 등을 팀원으로 모셔 같이 일한 것이 참 보람된 일이었다.

누구나 인생에 한 번은 그런 기회가 온다.

업무 시행 도전

투병 이후 처음으로 회사 미결인 충청남도 서산의 공사 이야기를 관계자와 논의하였다.

칠 월 중 진행 확인하고, 위임 진행을 합의하니 살아 숨쉬는 것만 같았다.

암과 싸워 승리해야겠다.

아들의 효행에 편안한 잠자리

새벽 한 시, 마약성 진통제인 울트라셋정과 옥시코든 염산염을 먹고 밖에 있는 담을 이용해 척추를 늘리고 잠자리에 들었다. 그런데, 다리가 저렸다. 잠든 재현에게 부탁하여 안마하고 변기에 소변하고 잠자리에 누우니 정말 편하게 느껴졌다.

아들아, 너의 효행은 참된 모범이구나.

즐거운 얼굴로 나의 마음까지 편안하게 하는구나.

잊지 않겠다.

전혜진 내외의 정성에

도움 준 것 없이 받기만 한 오랜 마음의 정성에 감동되는구나.

7월 중 부경에 가야 할 일이 있는데,

이때 모셔 영덕대게라도 대접하면 어떨까 하는 생각이 든다.

그런데 주위에서 오히려 부담을 주는 일이라고 한다.

이를 어찌하랴. 나의 여명을 모르고 있는데.

참 벗의 마음만 초대할 수밖에 없구나.

청춘은 세월의 시샘에 사라지나

새벽 두 시, 추가 복약 덕분에 컨디션이 좋았다.

청춘은 세월의 시샘에 사라진 것 같은데 생각이 스친다.

중 고등학생 시절 도시락을 준비했으나 창피하여 소풍을 가지 않았던 일

군복무시절 특권의식으로 분출하였던 일

직장 시절 정직으로 소신을 굳혀 타의 모범을 향유하였던 일

모두 균형된 삶이 아닌 것 같고,

사업 기간에도 무리한 것만 같다.

그 삶의 결과는 골수암이 아니던가?

지나온 세월이 후회가 된다.

뜻밖의 보리밥과 나물 비빔밥

아침에 세수와 목욕을 하였더니 지쳐 잠에 들었다.

재현이가 나물 보리밥을 가져왔다고 깨웠다.

맛이 좋아 아버지 생각에 목사님께 부탁하여 준비했다고 한다.

재현이 효행에 살아야 할 보람을 느끼는구나.

고맙다.

지독한 벨케이드 항암 주사

벨케이드 항암화학주사액이다.

이 항암 주사는 열이 나면서 온몸을 쑤시고

속을 뒤집어놓는 통증을 가진 약이다.

오늘도 살기 위해서 나는 사는 과정에 충실하여 십 이주 과정에 투병하였다.

나의 적은 나뿐이다.

위 통증에 용감히 도전해보았다.

이것이 나의 복이 되어 쾌유되기를 빌어본다.

옆자리에 잠든 경범이

몇 달을 한 자리에서 투병한 나에게 싫증도 나지 않는 모양이다.

손을 만져보고, 발도 만져보기도 하였다.

말 없는 너의 효심이 없다면 그러하겠는가?

혈육의 진한 정과 행복을 느낀다.

이는 진정 우리가 가족을 꾸리기 위해 살아감을 의미한다.

아들아, 건강하라. 부디.

상쾌한 아침

암 투병 환자는 같은 일을 반복하며 산다.

투병 전의 생활 리듬에 회귀하고자, 면도하고 샤워를 하였다.

그리고 정숙한 마음으로 눈을 감고 간절한 기도문으로 기도하였다.

마치 투병 이전으로 돌아간 것만 같은 기분이다.

몸이 상쾌한 것 같다.

도당산기슭을 찾은 나

도당산기슭은 말없이 그대로인데

이 나의 몸은 세월 앞에 한없이 약해졌구나.

운동에 전념하고자 도당산기슭 찾아온 나를 기음으로 반겨주렴.

남의 기음에 투병하고 있음을 잊고 힘을 낸다.

궁금한 노래방

술 먹고 노래방에 가본 것이 사 년이 되었구나

수신제가로 절제한 것이 먼 추억이 되었다.

서민 애환이 담긴 노래방.

어떨까?

이 얼굴 변하기 전에 가보고 싶다.

미국을 다녀온 효성 그리고 인천 선영에게 전화하였다.

노래방에 가자. 더 먼 추억이 되기 전에.

죽음에 대한 감상

죽음은 하늘의 뜻이니 언젠가 맞을 수밖에
어린 아들 그리고 님과 함께 잊고 말이다.
석별의 정을 어찌하겠는가?
나는 어떻게 죽어야 좋을지를 고민하였다.
그러면, 어떻게 살아야 하는 촉명을 찾게 되니까.
내일의 삶을 모르겠다.

부러운 다이어트 운동

경범이는 컨디션 향상을 위해 일 주일간 휴식 다이어트 운동을 재개하고

재현이 역시 도당산 운동을 잊지 않고 있다.

2009년 말까지는 나도 그러했다.

지금은 항암 투쟁 중이라 무리한 운동이 불가하다.

몸을 맘껏 써보고 싶구나.

마음으로라도 워밍업을 해보는 나.

너희들이 부럽구나.

더부살이가 된 디스크 통증

7월 4일 마약성 진통제를 추가로 투약했다.

아픈 통증은 복약 후 느끼지 못하고 있다.

골수암 통증보다는 요추 3-4번 디스크 기능이 문제다.

허리를 펴면 아프고 꾸부리면 편하다.

꾸부리고 다닐 수는 없잖은가.

허리 MED를 착용하니 50%가 교정되는 것 같다.

주치의에게 신뢰를 보낸다

김세형 교수는 입원 당시 질병 견해 차이로 입씨름한 바가 있다.

그 후, 김교수를 이해하고자 치료 일정등에 협조하였고

5월 21일, 외과 병실의 특진에서 무한한 신뢰를 느꼈다.

컨디션이 좋아졌다는 것을 피검사로 확인하기로 했기 때문이다.

정상적인 수치가 나오기를 기대하게 된다.

명의는 환자의 신뢰로부터 잉태되는구나.

산소 같은 님의 존재

님은 어제 저녁 친구와 제천 모임에 갔다.

있을 땐 싫은 소리만 한 내가,

형상도 없는 같은 시간에 산소를 마시며

각기 다른 공간에 존재할 뿐인데 허전함을 느낀다.

산소는 숨 쉴 땐 모르지만, 없으면 죽는 무형의 존재다.

님의 존귀함을 다시 생각한다.

또 다른 질병의 잉태

2010년 04월 '요추 디스크 탈출' 통증 치료에 이어

2011년 1월에는 골수암으로 장기 항암치료를 계속하던 중

5월에는 지병인 '하복부 경막하 탈장 복원'개복수술까지 했는데

이제 중요 장기 위치는 아니나,

갈비뼈 아래 복부 상단의 좌우에 암 덩어리 같은 것이 생겨 배를 펴면 당겨지는 듯한 통증을 느낀다.

향후 어떠한 수술도 원치 않는다, 죽음에 이른다 하더라도.

나의 의지다.

자연 쾌유를 빈다.

다발성 골수종의 아픔

몸이 아프다.

오늘도 같은 공간에서 시간만 흘러 보낸다.

그 아픔의 증상과 질서를 세세히 분출해보면,

오른손 등 약지뼈,

왼쪽 무릎 하단 뼈의 상단 부위,

오른쪽 발목뼈,

오른쪽 갈비뼈 하단부위,

왼쪽 발목 복상시 뼈

이렇게 불규칙하게 바늘 묶음으로 찌를 때 피가 바늘구멍으로 재뿜는 듯한 아픔을 준 뒤 그 부위가 아주 저리고 아프다.

아픔을 잊고 싶다.

큰아들은 말이 없다

아들들은 말이 없다. 그래서 하루에 일어난 일 한 가지씩 이야기 하는 것만으로도 효도라고 제안했다. 아마 아무도 모르게 금전적 손실을 당한 것 같다. 혼자 속으로 앓지 말고 말해달라 하였다. 그 또한 효도라고.

육 십 년 살아온 나도 사기를 당하는데 초년병은 당연한 수순이다.

말이 없으니 대안도 없다. 기우였으면 좋겠다.

몸이 아픈데 걱정이 겹친다.

컴퓨터 채팅이 주는 생활 리듬

때 맞춰 식사준비를 하지 않음을 나무랐다.

첫째는 생활 리듬의 문제고 둘째는 복약 조건의 유지다.

주부가 컴퓨터 게임 채팅을 하면 새벽 다섯 시경에 자게 되고

잠들면 정오가 지나야 아침이 된다.

이는 비정상적인 생활 리듬이다.

반사적 태도는 주는 대로 먹으면 되고 "싫으면 요양원 가면 된다."는 식이다.

경범이도 마음이 오염되어 동의하고 있다.

서로 사랑하지 않으면 건전한 가정은 요원하다.

지난 5월 805호에서 간병인을 둔 환자의 아들이 자기 아버지 얼굴을 만지며 면도해주는 것을 보고 찡한 감동을 느껴 눈물을 흘렸던 일이 새삼 생각난다. 몸이 아프니 더 감상적이게 되는 것 같다.

마음에 상처를 담고

마음이 상해 밤잠을 한숨도 못 이루었다.

여섯 시에 게맛살을 먹은 후 복약하고 쉬는 겨를에

경범이가 우중에 설렁탕을 사 들고 귀가했다.

무척 반가웠다.

내 마음이 무언중 전달된 것인지 궁금하다.

내가 살면 얼마나 살겠는가.

무언이 부자간 소통의 부재가 되지 않기를 간절히 바라본다.

한정된 공간에서의 인생

나는 정상인의 활동을 하지 못하는 질병을 가지고 있다.

그래서 인생을 내 주관으로밖에 볼 수 없고

중요하다고 생각되는 관점은

그렇게 생각할 수밖에 없는 세월과 원인을 가지고 있다.

죽어간다고 세상에 일어나는 일에 관심이 없겠는가?

인생을 살려면, 나를 사랑해주는 사람을 위해

인생을 바쳐야 한다는 가르침을 우선시하고 싶다.

지난 세월 그러지 못했다.

님이 용서해 주기를.

서산에 출장가다

작년 8월 25일 이후 처음 가는 출장이었다.

지난 일 년 사이 암 투병에 시간을 탕진하여

인생이 시간을 질투한 듯 느껴진다.

지연된 공사는 7월 말로 가까워진 것 같다.

님과 함께 승합차를 타고 갔다.

몸은 피곤하였으나 마음은 즐거웠다.

반갑게 맞아주는 친구는 수축하고 휘어진 나를 보고 걱정했다.

디스크 전문 유승모 박사님을 소개해주었다.

7월 18일 주치의와 협의할 것이다.

가족은 서로
사랑하지 않으면 멸망한다

눈을 떴다.

피곤하다.

어제 출장까지 다녀올 정도의 건강은 생각도 못한 일이다.

모리 교수 투병기의 한 구절을 인용하자면,

"가족이 없었다면 딛고 설 바탕과 버팀대가 없었을 것이고

애정의 뒷받침이 없었다면 불가능한 일이다."

-미치 앨봄 지음, 모리와 함께한 일요일 중에서.

가족은 서로 사랑하지 않으면 멸망한다.
곧 죽을 처지이고 가족이 없다면
그 비참함을 인내할 수 있을까?
생각해본다.

항암치료
프로그램 2단계를 시작하며

몸은 몹시 까라지고 있었으나,

몸의 수치가 정상인에 근접 아주 좋아졌다고 한다.

문제는 허리인데.

함부로 치료하면 허리가 부러질 위험이 있다고 한다.

스트레칭 정도의 운동으로 근육 힘을 받을 수 있도록 하라 한다.

김교수를 만나 몸이 좋아졌으니 잘 검토해달라고 부탁하였다.

서로 기분 좋은 얼굴로

나는 이석하였다.

신뢰 창조의 상승효과

김세형 교수와 나
매듭과 매듭이 이어져 고기잡이 그물이 되듯이
인연과 인연으로 이어져 신뢰를 만든 것 같다.
그동안 크고 작은 소식에 따라 의견을 노출시키고
이제는 신뢰라는 것을 서로 보내고 있다.
김교수 역시 은연중 내 뜻에 보답하였다.

의사와 환자 사이는 치료 기술도 중요하지만
신뢰라는 것이 치료에 시너지 효과를 만들었다.
그 답으로 7월 7일 종합검사에서 수치가 정상인에 근접한 것이다.

아주 좋은 현상이다.

나도 정상인이 된다는 희망을 가져본다.

님이 새벽을 열고 있다

새벽 네 시에 잠이 깼다.

컴퓨터 게임 채팅에 넘은 밤을 지새고 있다.

무엇을 위해 밤을 지새는지!

가치관과 평상심 기준을 달리하는 것 같다.

어제 일을 떠올려본다.

항암 프로그램 2단계 항암 주사를 맞은 지 24 시간이 된다.

항암 주사와 뼈강화주사의 사후증상이 1차 때와 확연히 다르다.

큰 증상 없이 잔잔한 물결 같이 나타나고 있다.

수치가 정상인데 근접해서 그런 것 같다.

앞으로 지금과 같아라

정상인이 되기를 발악할 것이다.

반드시 성공한다.

세상에서 가장 존경한 아버지

내가 가장 존경한 아버지는 수명을 짧게 하였다.

능력을 초과하면서 자식 대학 등록을 해주었다.

나는 해준 것이 없고, 생전에 마음의 글을 올린 것뿐이다.

사후에는 유골을 봉원사에 다년간 모시다가 향리에 봉분했다.

당시는 "투병 중 원하신 영덕 돌김"을 송달로 늦어 맛을 못 보게 하고 이제 와서 아버지가 그리워 이 글을 쓴다.

세상에 태어나 아직 뜻을 이루지 못한 것이 많다.

죽음을 앞에 두고 살기 위해 치료, 아니 살기 위해 발악하는 것이다.

"아버지! 저를 용서하시고 꿈에라도 깨우쳐 주세요."

악행도 선행을 따를 수 있다

인간은 태어날 때,

선과 악을 가지고 태어나는 모양이다.

그중 악행은 먹물과 같이 검어 먹구름과 다를 바 없다.

먹구름이 하늘을 덮으면 빛을 가리게 되고

먹구름이 걷히면 빛의 생명을 온 누리에 베푼다.

먹구름과 같은 악행도 비를 뿌려 온 누리에 생명을 넣어준다.

이치가 이와 같다면,

인간의 선과 악은 서로 공생 관계로 온 누리에 생명을 베푼다.

그래서 인간의 악행은 양심과 제도로서 선도하고 있는 것이다.

선행은 중요하다.

그러나, 악행도 중요하기에 원인을 찾아 선행에 동화시켜야 한다.

너희들의 선행이 위선이 아니기를.

후회되는 학창시절의 추억

항암 투병을 하면서 나의 여명을 알지 못하여

"죽음을 앞에 두고"라는 등의 말을 쓰고 있다.

돌이켜 살펴보면,

지식을 숙지하고 사회를 익히는 학창시절의 청춘!

학문에 전념하여 성과물을 낸 것도 없고,

여학생과의 사귐 등으로 아련한 추억을 남긴 것도 전혀 없다.

바보스럽다.

아련한 추억은 삶에 아름다운 윤활유가 될 수도 있고

추억을 담아 자아를 찾는 가치가 될 수도 있다.

사람들은 의미 없는 생활을 위해 뛰어다니는 예가 너무 많다.

후회되는 일이다.

내가 묻힐 곳을 생각해본다

후일 자손들이 사계절에 휴가 하여 기념할 수 있도록
죽음은 화장례로 하고 유골은 납골당에 봉원하였다가
경범이와 재현이가 성년이 되면
바다가 보이는 부경 뒷산 아래 위치에서 백 평 잔디를 조성하여
중앙 상단에 두 개의 평지봉분을 돌판으로 다듬고
오른쪽 평지봉분에 묻고
조그마한 비석을 세우고 싶다.

웃음 띤 가족들의 항암치료

아침을 맏아들의 활짝 핀 얼굴로 시작. 가족의 잡담과 웃음이 많았다.

이는 정상인 생활 자세로 맞아들인 결과인지 모른다.

막내 재현이를 동행하여 순천향대학 병원으로 갔다.

인간은 자라서 청춘이 되고,

세월이 가면 지는 이치를 어찌 모르겠는가?

어느덧 키가 179cn 73kg이 되고 아버지보다 10cm 더 자랐구나!

항암 주사보다 어쩌면 더 자란 것이 통증을 제압할 수도 있다.

항암 주사 통증이 조금씩 나타나고 있다.

의미 없는 하루의 변덕 생활

골절 환자 같이 움직이기가 어려운 암 투병 환자는

매일 똑같은 공간에서 똑같은 상황을 되풀이 한다.

컨디션이 좋으면,

살려고 하는 여러 가지 방법을 생각하고 마음으로 발악하며,

몸이 몹시 고통스러우면

이제 죽음의 수순으로 가는구나 하고 뜻을 이루지 못한 회환과

죽은 후의 일을 환각한다.

그래서 하루에 여러 번 변하는 표정이 표출된다.

이해하기 어려운 상황들이다.

사랑하는 가족을 위해 통증을 억제하고 있다.

님과 함께 아들에게 미안하구나.

님에게 용서를 바라며

님과 함께 고급 식당 외식이나 백화점 쇼핑 한 번 가본 일 없다.

기껏해야 삼성 그룹 동료들과 해외 관 여행 그리고 제주도 여행뿐이다.

아름다운 추억이 너무 없다.

그저 현실 생활에 쫓겼을 뿐이다.

이 십 년 긴 세월에 무엇을 했단 말인가.

꿈꾸던 장관도 해보지 못하고, 생각한 뜻도 이루지 못하면서.

뜻을 이루면 다 해준다는 식의 말뿐이었다.

백화점 신축의 중단으로 죽음까지 생각했다.

내가 죽으면 금방 잊혀질 것이다.

아름다운 추억이 적으니.

사랑하는 방법을 몰랐던 바보였다.

용서, 또 용서를 바랄 뿐이다.

가슴에 묻은 사랑 님뿐인데.

보고 싶은 친구들 생각에

지인을 제외한 친구들은 세 분류도 구분된다.
학창시절을 같이 지낸 죽마고우들
방첩부대 근무 시절에 모셨던 가까운 상사님들
삼성 그룹 오리엔테이션에서 동고동락한 동기와 같이 근무한 동료들.
지금 활동하는 친구가 열 명이 되지 않는구나.
다시 태어나려고 일찍 죽은 것인가?
만난들 옛이야기뿐이지만, 보고 싶구나.

떨리는 손 증상 사라져

며칠 스트레칭 허리 근육 운동을 하였다.

손이 떨리지 않고 허리도 유연해져 통증이 줄었다.

이 책, 투병 원고를 쓰고자 한다.

나는 살아서 숨 쉬고 있다.

수년 전 죽음을 생각했을 때, 죽었다면 어떻게 되었을까?

님은 나를 잊었을 것이고,

족벌의 질서와 참 벗을 잃었을 것이다.

지금 드라마 “시티 헌터” 재방영을 보고 있다

님이 귀가하여 펜을 놓았다.

살 수 있다는
항력으로 완전 치유에 도전한다

사자성어에 “줄탁동기”라는 말이 있다.

모든 일에는 때가 있다는 뜻.

항암화학치료 효과는 60% 치유된 느낌이다.

왜냐하면, 항암 주사를 맞기 전이나

맞은 후의 통증 치유의 느낌이 60% 일치하고 있다.

정신도 맑아지고 사고의 질서가 되찾아지는 것 같다.

투병의 핵인 통증은 의학적 표현 외에 본인만이 알고 있다.

이제부터는 욕망의 잉태로부터 시류의 흐름을 기술하고,

항암 통증의 완전 치유에 도전하고자 한다.

살 수 있다는 정신적 항력이 생긴 것 같다.

나의 가용 여명은
일 년밖에 되지 않습니다

암 투병 환자가 살고자 하는 절박한 심정은

의학적 기술의 진화에 기대하는 마음에서 시작된다.

영장 동물의 죽음을 보면(사고력만 인간보다 못한)

죽을 때는 죽을 자리 찾아 죽음을 받아들인다.

인간의 수명은 의학 기술의 진화에 따라 연장 또 연장된다.

인간의 삶은 가족 존속 사회 등 구성원으로 합류되어야 가치가 있고

누워서 숨 쉬는 것은 삶이라 볼 수 없다. (암 투병 환자가 이에 속한다.)

나의 삶의 기준은 가족 존속 사회 등의 구성원 활동이 가능한 시점이다.

그래야 가용 여명을 갈음할 삶이 된다.

암 투병 결과가 그렇게 되어야 한다.

죽고 사는 것은
하늘의 뜻입니다

의사와 환자 사이에서 여명의 기준은

의사의 측면에선 생존 여명을

1년 11개월로 보지만,

환자의 입장에서는 가용 여명을

1년의 가치로 볼 뿐이다.

살펴보면

이는 항암 화학치료가 성공되어 완쾌되었을 때의 경우이고,

환자의 신체적 조건 및 합병증에 의한 가변 상황이 있을 때는

일 년의 삶의 가치가 줄어들 확률이 높은 것임을 감안하여

생존 여명을 줄어든 것으로 판단한다.

그래서

"죽고 사는 것은 하늘의 뜻이니 사는 과정에 충실하고 있을 뿐이다."란 부재를 선택하였다.

꿈을 키운 성장 과정

인간은 가용 여명이 유추되면 본래 모습이 적나라하게 표출된다. 본 모습대로 성장 과정을 기술하면서 정신적 항암치료에 갈음하고자 한다. 환자는 경북, 영덕에서 빈농가 태생으로 고등학교까지 향리에서 수료하면서 어려운 환경 아래 나라를 다스리는 사람이 될 것을 다짐하였다. 그래서 고향을 탈출하게 되었다.

서울에서 아버지와 친분이 있는 최충선 박사님의 지도 하에 대학을 수료하게 됐다. 이때엔 학문 수련이 전부였던 것으로 기억된다. 대학을 졸업하고 사병으로 논산 훈련소에 입소하여 훈련을 받은 후 방첩부대로 배속받아 대구 시내에 있는 경북지부대에 근무하게 된다. 당시 부대 방침은 "멸사 봉공의 충성심"이었다.

이후 삼성 그룹 공채 간부사원으로 입사하였다. 제일제당에 배속되어 부산 공장 및 서울 본사를 거쳐 그룹 비서실, 감사팀 개편에 충원됐다. 허나 꿈의 욕망 때문에 잦은 직장 이동이 있었다. 1979년도엔 760평 공장을 신축하기도 하였다. 허나 1982년 국회 진출 출마 사연 때문에 공장 사업 수익이 부진하게 되었고 후일 공장을 정리하게 됐다.

2003년 새로운 도전이 시작되었다. 2번의 백화점 신축 허가를 취득했으나, 2007년 국제 은행 협약 바젤 규약으로 대출 심사가 중단되었다. 당시 상황으로선 불가항력이다. 그러나 세월은 기다려주지 않는다. 욕망을 실현할 기회가 되지 않았다. 2008년 나이 칠 십으로 욕망을 접어야 했다.

다발성 골수암 진단을 받아 순천향대학병원에서 신음하며 고통스러워하는 내 모습. 지금 환자는 투병하고 있다. 욕망의 도전에서 좌절된 희환이 환자의 가슴을 누른다.

가용 여명은 일 년밖에 남지 않았다. 어찌하리. 나의 운명인 것을.

거짓 같은 학창 시절의 용기

나는 시골 빈농가에서 중학교까지 자랐다. 농사를 짓기 위해 머슴과 가내 일을 돕는 식모 그리고 식모의 딸 아이를 합해서 세 명이 한 식구로 집에서 먹고 자고 생활하였다. 소 한 마리 때로는 두 마리를 키웠다. 혈연 식구로는 조부모님, 어머니, 삼촌, 여동생 세 명, 그리고 나를 포함해 총 여덟 명이었다. 집에 상주하는 일손은 총 열 한 명이었다.

이 틈바구니 속에서 생활하며 5키로미터를 걸어 중학교를 다녔다. 학교에서 돌아오면 농사일을 도와야 했기에 일찍 돌아와서 소를 산에서 먹이며 공부도 겸했다. 새벽 호롱불 아래에서 공부하던 기억이 새록새록하다. 고등학교는 15KM 떨어진 변두리에서 다녔다.

이 과정에서 아름다운 추억이라든지 행복한 기억은 없다. 의대에 입학을 응시했으나 불합격의 고배를 마셨다. 그 즉시 귀향할 수도 있었지만 서울에서 최충선 박사님 댁에 의탁하며 공부를 했다.

쭉 나의 지난 세월을 돌아보면 고등학교 때 집을 탈출하고, 졸업 후 향리를 탈출하는 과정에서 대학까지는 야망에 불탄 용기가 없었다면 이루어질 수 없는 상황이었다. 돌이켜 생각해보면 거짓말 같은 용기였다.

그 시절 함께 했던 삼촌, 박사님, 조카들이 그립다. 꿈에라도 뵙고 싶구나.

바람과 나무숲

병원에서 내려다본 풍경이다.

중앙 공원에 정성 들여 가꾸어진 나무숲.

바람이 불면 님 반기듯 바람이 부는 데로 윙 나무숲이 바다의 파도같이

오르락내리락 물결을 이루면서 순응하고 있다.

자연의 풍향이지만 나무의 지혜가 놀랍게 느껴진다.

나무숲은 바람에 순응하며 나무숲 그늘에 찾아온 사람들에게 휴식을 준다.

운동하는 이에게는 그늘을 제공하며 삶의 품위를 보호한다.

바람에 순응하며 사람들 삶의 품위를 보호하는 지혜가 참 아름답다.

나무숲이 바람에 순응하지 않았다면 가지가 부러지든 뿌리째 뽑히든 했을 것이다.

나무숲이 바람에 순응하지 않고 자기 고집대로 버틴다면 바람의 향진력은 산산히 부서진다.

그러니 나무 나무숲의 순응에 나무숲은 부시어지지 않으면서 바람의 향진력을

그대로 유지하여 아름다운 물결을 이루면서 아름다운 풍경을 제공하고 있는 것이다.

바람과 나무숲은 서로를 도우며 사람에게 아름다운 풍광을 그려주는 것이 자연의 이치다.

나도 질병과 서로 도우면서 삶의 품위를 영위할 듯하다.

그러나 나는 주치의와 서로 도우면서 질병과 삶의 품위를 영위한다는 차이가 있다.

나무숲의 지혜에 고마움을 느낀다.

내 마음 변덕스러운 소나기와 같다

며칠 전 비가 내렸다.

그것도 소나기 비가 내렸다. 그래서 잠시 후 비는 그쳤다.

나의 마음이 소나기와 같다.

별안간 삶은 감자에 설탕을 찍어 먹고 싶었다.

감자를 삶아 달라고 님에게 부탁했다.

아무 대답이 없다.

지금 시간이 저녁 먹은 지 얼마 되지 않아 대답이 없는 것 같다.

그런데 또 소나기가 내린다. 처마 끝 비 맞는 소리가 들린다.

재현이에게 살짝 부탁했다.

서산 감자를 삶아 먹자고.

감자를 준비하는데 님은 언짢은 인상을 쓴다.

이것을 안 나는 그만두라고 하였다.

왜 그러느냐 하니 살 맛이 안 나 그렇다고 한다.

살 맛이 도대체 무엇인가?

내가 질병과 투병 중인 것을 알면서.

탄생의 합성

불혹의 말년에 경범이를 맞이했고
천명의 길년에 재현이를 맞이했다.

아들을 못 가진 시린 한을 대신하여,
너희들 존귀는 태산보다 높이 섰다.

귀한 몸 물같이 세월 따라 성장하고
아비의 질병을 너희들이 가료했다.

나는 기뻤다.
경범이가 성혼하고, 재현이가 성가했다면 얼마나 좋았겠나! 하고.

어느새 질병은 나의 앞을 가로막아
갈 길은 바쁘고 내 마음은 무겁구나.

전차 안에서 책을 보는 향수

내가 처음 서울에 왔을 때는 해방전 전차가 다녔다.

청량리 기차 종점역에서 내려 시내를 본 풍광은 온 천지가 흰 눈으로 덮여있었다.

그 중 전차길 철로만 까만 두 선으로 그려져 있었다.

청량리역에서 을지로 4가까지 타고온 기억이 난다.

당시의 전차 속도는 30KM/H정도였고, 전차를 타고 바깥을 내다보는 풍경은

흰 눈으로 덮여 지금보다 아름다웠던 것 같다.

학교를 다닐 때는 교복을 입고 책을 보는 여유는 다 그러했다.

전차 안에서 책을 본 향수는 지금은 상상도 못 한다.

그 향수를 지금 느끼고 있다.

암과 투병하면서.

헛구역질이 나 어지럽다.

참 벗을 잃은 슬픔

옛이야기다.
벗이 나에게 보따리를 건네며
네가 삼성 비서실에 근무하니
잘 팔아주었으면 좋겠다는 것이다.

그러나 나는 최고 가격을 받지 못하고
판매가 불가능하다며 돌려주었다.

후일 물어보지도 못하고 소문에 의하여 들어보니
간암으로 고생 중이었다는 것이다.
간암 치료를 위한 자금을 마련 중이었던 것이다.

친구야! 너도 속 터인 내용을 말 안 한 잘못도 있지만,

나의 고지식한 정직이 너를 죽인 것 같아 지난 날이 후회가 되는구나.

어릴 적 너의 집에서 밤을 새며 놀던 날이 수 없이 많았는데.

친구야!

너의 지병을 알지 못한 나를 이해하려 주려무나.

나는 참 벗을 잃었다.

영혼이라도 편안하기를 빈다.

나는 가수다

경범이가 일찍 귀가하여 “나는 가수다”라는 프로그램을 본다.

김범수의 음악은 아무리 들어도 싫증이 나지 않는다.

김범수의 음악은

독특한 가는 고음, 맑은 소리, 소리를 접어 떨리는 ‘바이브레이션’

어느 것 하나 나무랄 데가 없는 완결편이었다.

정상에 이르는 데는 수 없는 노력이 수반됐을 것이다.

또한 일류가 되기 위하여 투자다운 지혜를 짰을 것이다.

정말 잘 한다.

말 없는 바람장이 선풍기

선풍기 너는 말이 없구나

내가 더워서 켜면 시원한 바람을 불어주고 끄면 중지해주는

아주 착한 것 같다.

담배를 피울 때 켜면 연기를 밖으로 내보내기도 한다.

네가 없었다면

네가 그리워 찾았을 것이다.

하루하루 투병하기에도 더 힘들었을 것이다.

선풍기 너에게 고마움을 표한다.

탁자에 앉은 투병자의 하루

비가 와서 그런지 몸이 끈적한 느낌이다.

나는 욕실로 들어가 재현이를 불렀다.

재현이에게 작은 거울을 얼굴 앞에서 들어달라고 하여 들어주었다.

면도를 하고 세수를 하니 이제 됐다고 하였다.

이때 이미 힘이 빠져 혼자서 때를 밀 수 없어 님을 불러 때 미는 타월로

온 몸의 때를 밀어달라고 하였다.

목욕을 하고 오늘도 똑같이 좁은 공간에 있는 탁자 의자에 앉았다.

위에는 헐렁한 티셔츠를 입고 아래로는 병원복.

맨발로 앉아 무언가 생각하며 통증을 잊고자 애를 써본다.

나는 지금 인생을 특이하게 볼 수밖에 없다.

다리가 떨려 혼자 쇼핑도 할 수 없고 시내에 나가 자연스럽게 사람을 만날 수도 없다.

그저 의자에 앉아서 한가히 나날을 보내며 소중히 생각되는 것들을

지켜보는 시간과 그 이유를 찾을 뿐이다.

내가 죽는다고 해서 무슨 일이 일어나는지 관심 없을 리가 없고,

신경을 쓴다고 해도 어떻게 될지 끝까지는 보지도 못할 것이다.

나는 탁자 위에 놓인 주민센터 우편 봉투를 보고 경범이에게 무엇인가 하고 물었다.

경범이는 별 것 아니야 하면서, "디지털 방송 전환 정부 지원 안내지를 내밀고 방으로 들어갔다.

나는 자연히 외로움에 대해서 감정을 풀면서
눈물을 흘리며 충분히 느끼면
'그건 내가 쓸쓸함을 느끼는 한순간일 뿐이다.'
라고 마음속으로 소리쳐본다.
나는 매일 같은 의자에 앉아 몇 시간씩 생각을
글로 쓰면서
통증을 잊는 투병 생활을 하고 있다.

참다운 효부의 선행을 보았다

어머니는 막내딸 집에서 돌아와 경범이를 보고는 하나님의 고마움을 빌고 또 빌었다.

혹여 다칠세라 금쪽같이 여겼다. 세월은 여유를 주지 않았고 치매 현상은 날로 더해

집에서 집 근처 구경 나와서는 방향을 못 잡아 귀가하지 못하여 나중은 외출을 억제해야 할 정도였다.

그런 어머니를 위해 헌신한 님은 지금도 잊지 못하고 있다.

이런 상황을 어느 누가 받아들인단 말인가.

참으로 고맙고 은혜스러운 사랑의 헌신에 눈물로 찬사를 보냈었다.

하루는 시골 촌부의 머리 비녀를 없애고 머리카락을 짧게 하여 깨끗이 하기 위해 미용사를 출장시켜 욕실에서 머리를 단정하게 해주는 것을 보았다. 아, 이것이 효부의 선행이구나 하고 감탄했다.

남편의 허물은 아랑곳하지 않고, 친어머니 못지않게 돌봐주니 나는 불효가 되는 것 같아 피하는 일도 있었다. 죽음을 앞둔 나에게는 지금도 감사의 눈물로 이어진다. 세월은 또 흘러 치매 삼 년 만에 어머니는 세상을 떠났다. 님은 틀림없는 참다운 효부였다. 나는 님에게 죽어도 안고 갈 큰 빚을 가지고 있다. 질병이 앞을 막아 갈 길은 바쁘고 마음은 무겁다.

님아! 나를 용서해주려무나.

무룡태

현대 사회를 사는 사람은 무룡태가 되면 성공 못 한다.

인간 활동 수명을 70세로 하여 하루 시간에 환산하면 70세는 밤12시, 잠을 청하는 시간이고, 35세가 낮 12이 해당된다.

하루 중 활동 시간은 오전 9시부터 오후 6시까지며 나이로는 26세부터다.

재현이 나이는 아침 6시에 해당된 일어나기 전이고, 경범이는 출근시간이라 스마트폰에서 어플을 깔아 많은 것을 찾듯이 많은 분야에서 시험하여라. 그 과정 속에서 갈 길이 찾아진다.

아침6시	오전 9시	정오 12시	오후 6시	저녁 12시
17세	26세	35세	52세	70세

*박노일 작가님의 메모

에필로그 : 1959년 서울행 야간 열차에 몸을 실어

1959년 겨울 추위는 유난히 혹독하였던 것으로 기억된다. 내가 서울을 가려면 영덕에서 안동까지 버스를 타고 가서 안동 기차역에서 몇 시간 대합실에서 기다렸다가 저녁 7시 출발 서울행 야간 열차에 몸을 실어야 했다. 이 열차는 저녁 7시에 출발하면 다음날 새벽 다섯 시 경에 청량리역에 도착하는 중앙선을 이용한 열차였다.

당시의 열차들은 지금과 같이 디젤 기관차가 아니었고 석탄을 피우는 증기 기관차로 굴뚝에서 쉼없이 검은 연기를 뿜으며 "뛰-뛰-"하는 신호로 소리쳤다. 안동역에서 출발할 때는 저음으로 "서울행 발차-서울행 발차-"하면 칙칙폭폭 소리내며 서서히 출발하였다. 쿨쿨 코를 골며 자는 사람, 밤새도록 이야기하는 사람 등. 천차만별이었다.

그 중 나는 가장 촌놈으로 느껴지기도 하였고, 서울행 길을 익히려고 출입구에 서서 밤을 세워가며 초행길이라 역마다 내려서 구경하곤 하였다. 서울행 야간 열차는 중간 역마다 정차하였고, 제천역 구내 우동은 정말로 맛이 있었던 것으로 기억되고 있다. 안동역에서 저녁 7시에 출발하면 제천역은 다음날이 되어 배가 고픈 차에 우동을 먹었으니 우동을 한 입에 다 먹어도 꿀맛인 것 같았다. 기차가 서면 출입구에 있다가 쏜살같이 뛰어가 1분만에 먹어버리곤 하였다.

우동 그릇이 당시 구겨진 냄비였기 때문에 우동을 가지고 열차에 탈 수 없었고, 뒤에서 차례를 기다리는 사람 때문에 1분 이상이 걸리면 야단을 맞았다.

그렇게 타고 온 기차는 어느덧 종착역에 도착하면 "청량리—청량리----여기는 청량리 종점"이라고 안내하였다. 나는 손님들 뒤를 따라 청량리역 개찰구를 나오고 있었으나, 바깥 광경은 기차 건물 할 것 없이 눈이 흘러내린 고드름 일색이었다. 초행길로 열차를 탄 사람은 꽤 되었고, 이 사람들은 표시가 났다. 석탄을 태운 연기가 뒤로 날아 그 많은 터널을 통과하면서 얼굴, 코 할 것 없이 검정 때문에 검게 탄 얼굴이었다. 청량리 개찰구로 나오면 쌓인 눈과 확연히 구분되어 눈으로 세수를 하였다. 나는 열심히 안내판을 보면서 을지로4가행 전차를 탔다.

이제, 서울이 아닌 부천에서 질병과 마주섰다.

진짜 인생 종착역에 온 느낌이다.

입원 가료 일지
(외래)

2010년 12월 29일 1차 순천향대학병원 입원가료 -- 수혈 2EA
(혜모글로빈 5.6)
2010년 12월 30일 -- 다발성골수종 진단
2010년 12월 31일 -- 수혈 2EA

2011년 1월 2일 -- 수혈 2EA
2011년 1월 3일 -- 수혈 2EA,MRI촬영
2011년 1월 8일 순천향대학병원 퇴원
(혜모글로빈 10.0)

2011년 1월 16일 -- **신변 정리**(박은영와 면담)
2011년 1월 17일 2차 순천향대학병원 입원가료 -- 통증완화치료(박지영 래원)
(갈비뼈 통증)
2011년 1월 19일 -- 통증완화치료(박은영 래원)
2011년 1월 21일 -- 예배기도(김길영 목사 래원)
2011년 1월 25일 순천향대학병원 퇴원

2011년 1월 31일 순천향대학병원 외래진료개시 -- 주사 투약
(혜모글로빈 10.4)

2011년 2월 21일 외래진료 계속 -- 항암프로그램 1단계 개시

2011년 5월 26일 3차 순천향 대학병원 입원가료 -- 5/17 복부개복수술
2011년 5월 19일 순천향 대학병원 퇴원

2011년 7월 4일 외래진료 계속 -- 항암프로그램 1단계 종료
(혜모글로빈 9.4)

2011년 7월 8일 김포·우리들 병원 외래치료(3차) -- [척추디스크 신경치료]

2011년 7월 18일 순천향 대학병원 외래진료 계속 -- 항암프로그램 2단계 개시

산길따라

수목은 나에게 말 없이 살라하고
창공은 날 보고 티없게 살라하네

오늘도 인생은 세월을 시샘하니
나홀로 길따라 물같이 살아가네

경인년 3월 도당산길에서

*수목 (樹木) : 살아 있는 나무, 목본 식물을 통
틀어 이르는 말
*창공 (蒼空) : 맑고 푸른 하늘

투병 :
MEMORANDUM

초판 1쇄 인쇄 2023년 5월 15일
초판 1쇄 발행 2023년 5월 23일

지은이 박노일
펴낸이 떠오름, 박경범, 박재현

기획 떠오름
편집 떠오름
디자인 당아

펴낸곳 주식회사 떠오름
출판등록 제2021-000002호(2020년 4월 28일)
주소 서울특별시 서초구 강남대로 479, 비1층 122호
전화 070-4036-4586 팩스 02-6305-4923
홈페이지 www.risebooks.co.kr
이메일 tteoreum9@nate.com

값 11,700원

ISBN 979-11-92372-35-8 (03810)

ⓒ 주식회사 떠오름 . 박노일, 2023

*이 책의 저작권은 지은이와 떠오름에 있습니다.
*책 내용의 전부 또는 일부를 이용하려면 반드시 저작권자의 서면 동의를 받아야 합니다.
*잘못 만들어진 책은 구입하신 서점에서 교환해 드립니다.